AVERTISSEMENT!

Frisson l'écureuil vous prie
de brosser vos dents avec
une pâte dentifrice anti-bactérienne
avant de lire ce livre.

Pour ma dentiste, Rosa, et pour Manuel

Un merci tout particulier à Valerie, mon éditrice et amie depuis sept ans

Catalogage avant publication de Bibliothèque et Archives Canada

Watt, Mélanie, 1975-
[Scaredy squirrel makes a friend. Français]
Frisson l'écureuil se fait un ami / Mélanie Watt.

(Frisson l'écureuil)
Traduction de : Scaredy squirrel makes a friend.
Niveau d'intérêt selon l'âge : Pour enfants de 4 à 8 ans.
ISBN 978-0-545-99806-2

I. Titre. II. Titre: Scaredy squirrel makes a friend. Français. III. Collection.

PS8645.A884S28414 2007   jC813'.6   C2006-905781-8

Édition publiée par les Éditions Scholastic, 604, rue King Ouest, Toronto (Ontario) M5V 1E1, avec la permission de Kids Can Press Ltd.

10 9 8 7 6   Imprimé à Hong Kong CP130   11 12 13 14 15

Les illustrations ont été créées au moyen de crayons de fusain et de peinture acrylique.
Pour le texte, on a utilisé la police de caractères Potato Cut.

Conception graphique de Mélanie Watt et Karen Powers

Frisson l'écureuil

se fait un ami

Mélanie Watt

Frisson l'écureuil n'a pas d'amis.
Il préfère rester seul plutôt que de courir le risque
de rencontrer quelqu'un de dangereux.
Après tout, un écureuil peut se faire mordre.

Quelques-uns des individus par qui Frisson a peur de se faire mordre :

les morses

les lapins

les castors

les piranhas

Godzilla

Alors, Frisson trouve des
activités fort intéressantes
pour se distraire...

Il lit.

Il siffle.

Il bricole.

Il bâille.

Il tricote.

Il jase.

Il compte.

Jusqu'au jour
où il aperçoit...

Un poisson rouge

quelqu'un de parfaitement inoffensif!

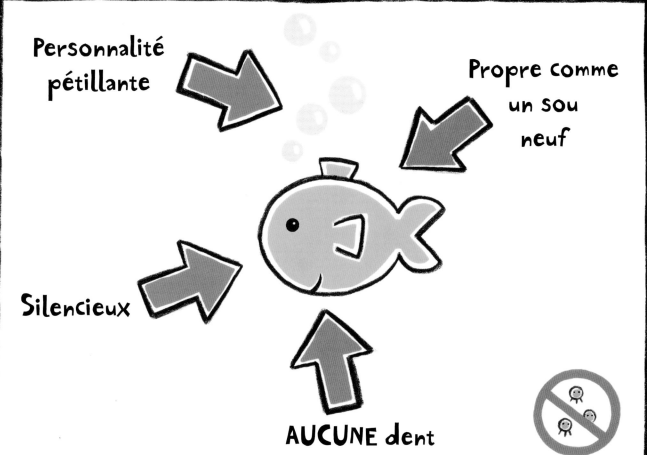

Quelques objets dont Frisson a besoin pour se faire un Ami idéal :

un citron

un porte-nom

des mitaines

un peigne

un miroir

du sent-bon

une brosse à dents

un jouet à mâchouiller

Mesures à prendre pour faire la meilleure impression :

Coiffer les poils déplacés.

Se brosser les dents avec soin (pour éviter la mauvaise haleine et les morceaux pris entre les dents).

Préparer de la limonade rafraîchissante.

Enfiler les mitaines pour couvrir les pattes moites.

BONJOUR
Je m'appelle
Frisson

S'assurer que le porte-nom est visible.

Porter du sent-bon pour dégager un merveilleux parfum d'épinette.

Suivre le Plan idéal

Le Plan idéal

Étape 1 : Lancer le jouet à mâchouiller pour distraire les mordeurs

Étape 2 : Vérifier poils et dents dans le miroir

Étape 3 : Courir à la fontaine

Étape 4 : Sourire

Étape 5 : Offrir de la limonade

Étape 6 : Se faire l'Ami idéal

Légende

 mon arbre

fontaine

arbre

roches

buisson

sapin

mare

 mordeur

 mordeur

 mordeur

mordeur

mordeur

Je suis ici.

Éviter les lapins; ils n'inspirent pas confiance.

Contourner la mare infestée de piranhas.

Surveiller les morses; leurs palmes les rendent très agiles.

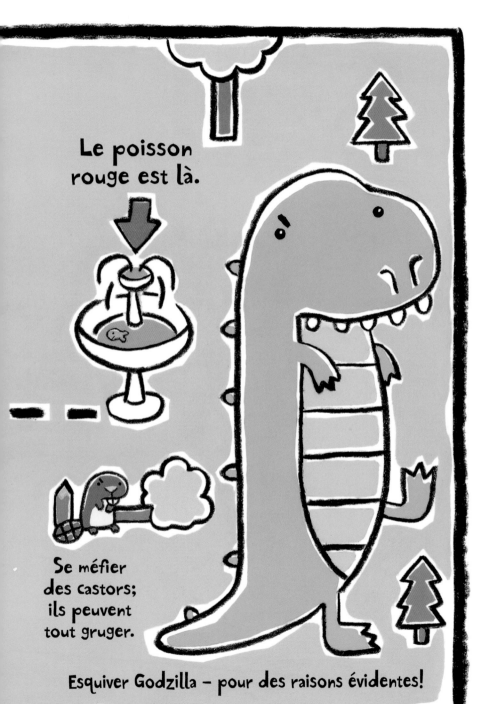

Le poisson
rouge est là.

Se méfier
des castors;
ils peuvent
tout gruger.

Esquiver Godzilla – pour des raisons évidentes!

MAIS, si
Frisson rencontre
QUAND MÊME un
mordeur potentiel,
il sait exactement
ce qu'il ne faut
PAS faire...

NE PAS montrer sa peur.

NE PAS montrer ses doigts.

NE PAS regarder dans les yeux.

NE PAS faire de bruits forts.

Et si ça ne fonctionne pas,
FAIRE LE MORT...

Et présenter le Test.

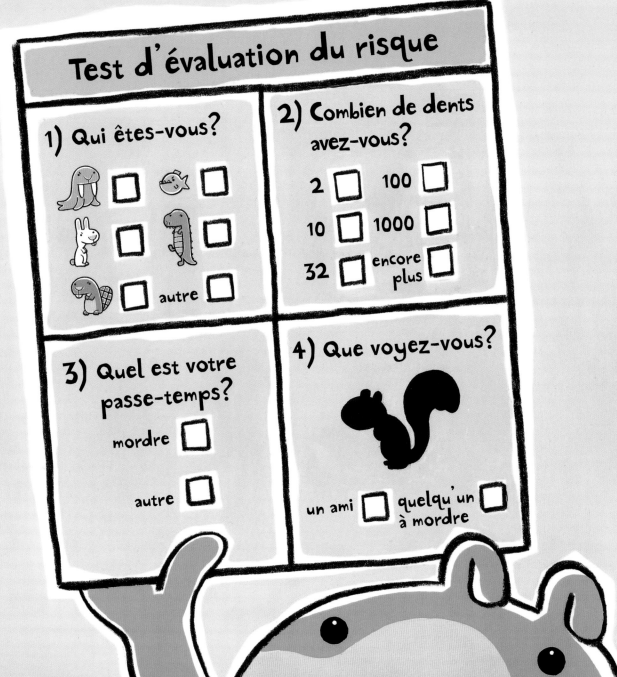

Test d'évaluation du risque

1) Qui êtes-vous?

☐   ☐

☐   ☐

☐   autre ☐

2) Combien de dents avez-vous?

2 ☐   100 ☐

10 ☐   1000 ☐

32 ☐   encore plus ☐

3) Quel est votre passe-temps?

mordre ☐

autre ☐

4) Que voyez-vous?

un ami ☐   quelqu'un à mordre ☐

Une fois tous les détails révisés, Frisson met son plan en action.

Il lance d'abord le jouet à mâchouiller.

Puis il descend de l'arbre.

Tout se déroule parfaitement jusqu'à ce qu'il entende un bruit étrange venant de derrière lui...

COUIC!

(Les objets dans le miroir sont plus proches qu'ils ne paraissent.)

et qu'il réalise que...

Le chien poursuit Frisson autour du buisson...

autour de la fontaine...

Temps d'arrêt

de tous côtés...

jusqu'à ce que Frisson...

... décide de faire **LE MORT**.

30 minutes plus tard

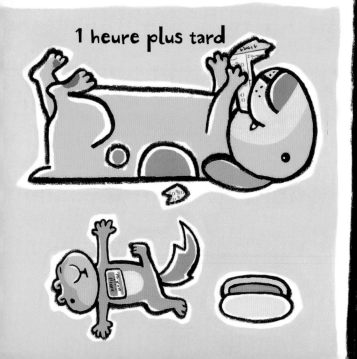

1 heure plus tard

2 heures plus tard

Après tout ce temps, Frisson finit par se rendre compte que le chien ne veut pas le mordre...

Il veut un ami!

Frisson sourit
et montre son
porte-nom.

BONJOUR
Je m'appelle
Frisson

Ensuite, il poursuit son nouveau copain.

Il lui lance le jouet.

Ensemble, ils jouent à la cachette.

Et ils jouent à faire le mort.

Frisson oublie le poisson rouge,
et même les morses, les lapins,
les castors, les piranhas et Godzilla.
Le temps passe vite quand on s'amuse!

Cette aventure palpitante pousse Frisson à apporter quelques petits changements à son image de l'Ami idéal...

Mon Ami presque idéal

(selon Frisson l'écureuil)

odeur de chien mouillé

pattes sales

une dent

bactéries

jappement bruyant

bave

Inoffensif à **83 %**, mais TRÈS AMUSANT!

P.-S. En ce qui concerne l'odeur de chien mouillé, Frisson s'en est chargé.